Version originale (Star Wars Tales # 1, 9, 4, 6)
publiée par Dark Horse aux USA.
Éditeur de la version originale : Dave Land

Dépôt légal : novembre 2005. I.S.B.N : 2-84789-794-1
Première édition.

Remerciements : Lance Kreiter

Illustration de couverture : Igor Kordey
Traduction : Anne Capuron
Lettrage : Moscow ★ Eye
Conception graphique : Trait pour Trait

Achevé d'imprimer et relié en septembre 2005
sur les presses de l'imprimerie Pollina à Luçon - n° L98117.
www.editions-delcourt.fr

STAR WARS™
LE CÔTÉ OBSCUR

LE DESTIN DE DARK VADOR

SOMMAIRE

EXTINCTION

Avec Dark Vador et La Femme Sombre

Scénario
RON MARZ
Dessin
CLAUDIO CASTELLINI
Couleur
GUY MAJOR

JE...
... J'IGNORAIS QUE VOUS ÉTIEZ À CORUSCANT, S-SEI...

... SEIGNEUR VADOR.

VOUS M'AVEZ CONVOQUÉ, MON MAÎTRE ?
AH.
SEIGNEUR VADOR.
JE VOUS AI CONFIÉ IL Y A QUELQUE TEMPS LA TÂCHE D'ÉLIMINER LES DERNIERS JEDI, DE ROMPRE LES DERNIERS LIENS AVEC LA VIEILLE RÉPUBLIQUE.
OUI, MON MAÎTRE, IL N'EN RESTE QUE QUELQUES-UNS, ET CEUX-LÀ SE CACHENT.

L'UN D'EUX A ÉTÉ RETROUVÉ.
COMMENT, MAÎTRE ?
J'EN AI ÉLIMINÉ BEAUCOUP, MAIS MES RECHERCHES N'ONT RIEN DONNÉ DE PLUS.
VOS RECHERCHES, NON.
CEPENDANT, J'AI DE NOMBREUX PIONS À MA DISPOSITION.
VOUS N'ÊTES PAS LE SEUL À SERVIR MES BESOINS.

MARA JADE.
DARK VADOR.
OUI.
JE CROIS QUE VOUS VOUS CONNAISSEZ.
MARA JADE PEUT AVOIR DES RESSOURCES QUI VOUS FONT DÉFAUT, SEIGNEUR VADOR. SES MÉTHODES SONT UN PEU PLUS... DÉLICATES... QUE LES VÔTRES.
N'EST-CE PAS, MARA ?

J'AI RENCONTRÉ UN HOMME QUI TENTAIT DE S'ENFUIR DES QUARTIERS DE RÉTENTION IMPÉRIAUX DE KUAT. IL M'A DONNÉ DES INFORMATIONS QU'IL TENAIT D'UN CONTRE-BANDIER SACORRIAN.
UN JEDI SE CACHE SUR LA CINQUIÈME PLANÈTE DU SYSTÈME COPHRIGIN SUR LA BORDURE EXTÉRIEURE. LE NOM QU'IL A MURMURÉ À MON OREILLE...
... ÉTAIT CELUI DE LA FEMME SOMBRE.
ELLE A ENFIN ÉTÉ REPÉRÉE. C'EST À MOI QU'IL REVIENT DE L'ÉLIMINER, MAÎTRE.
EN TANT QU'AIDE DE L'EMPEREUR, CETTE TÂCHE DEVRAIT ÊTRE LA MIENNE, VADOR.
VOTRE MAIGRE ENTRAÎNEMENT JEDI NE SUFFIRAIT PAS À VOUS GARANTIR LE SUCCÈS CONTRE LA FEMME SOMBRE.
SEUL LE POUVOIR DU CÔTÉ OBSCUR PEUT LA DÉTRUIRE.
C'EST MOI QUI L'AI REPÉRÉE. JE MÉRITE...
ASSEZ...

... CETTE DÉCISION M'APPARTIENT.
JE NE LAISSERAI PAS CES REBELLES ARRIVISTES SE SERVIR DES JEDI COMME SYMBOLE DE RALLIEMENT. ILS DOIVENT ÊTRE POURCHASSÉS JUSQU'À L'ANÉANTISSEMENT.
VOUS REMPLIREZ CETTE MISSION POUR MOI, SEIGNEUR VADOR.
COMME VOUS VOUDREZ, MAÎTRE.
JE N'ÉCHOUERAI PAS, MAÎTRE.
JE SAIS QUE VOUS N'ÉCHOUEREZ PAS.
VOUS EN SAVEZ LONG SUR LA MANIÈRE DE DÉTRUIRE UN JEDI.

VOUS ET VOS HOMMES RESTEZ DANS LE VAISSEAU. JE VAIS RÉGLER CELA **MOI-MÊME**.

PARTEZ, MAINTENANT. BIENTÔT, CET ENDROIT NE SERA PLUS TRÈS RECOMMANDÉ.

C'EST UNE ESPÈCE EN VOIE D'EXTINCTION...

... L'UN DES DERNIERS SPÉCIMENS.

IL EN RESTE SI PEU. JE LE MAINTIENS EN VIE, JE LE NOURRIS, EN ATTENDANT QU'IL PUISSE SE DÉPLOYER À NOUVEAU.
IL FAUT ÊTRE PATIENT. LES MAUVAISES HERBES SURGISSENT, DE TEMPS À AUTRE, ET MENACENT D'ÉTOUFFER CES BOUTONS.
L'EXTINCTION EST L'ORDRE NATUREL DES CHOSES.
LES ESPÈCES LES PLUS FAIBLES SONT REMPLACÉES PAR DE PLUS FORTES.
CERTAINES ESPÈCES SONT PLUS VIVACES QUE VOUS NE CROYEZ. ELLES ATTENDENT LEUR HEURE...
... DANS DES ENDROITS COMME CELUI-CI. ET S'ÉPANOUISSENT QUAND ON S'Y ATTEND LE MOINS.

VOUS SERIEZ SURPRIS DE CE QUI PEUT ÊTRE RECONQUIS, SEIGNEUR VADOR. UNE GRAINE ENTERRÉE DEPUIS LONGTEMPS PEUT ENCORE GERMER ET PORTER DES FRUITS.
SI QUELQU'UN EST CENSÉ LE COMPRENDRE, C'EST BIEN VOUS.
ON NE PEUT PLUS FAIRE DEMI-TOUR QUAND ON A CHOISI LE CHEMIN OBSCUR.
SI QUELQU'UN EST CENSÉ COMPRENDRE CELA, C'EST BIEN VOUS.
CE QUE JE COMPRENDS, C'EST QUE CERTAINS CHEMINS SONT PLUS FACILES À SUIVRE QUE D'AUTRES...
... POUR UN LÂCHE.

APRÈS TOUTES CES ANNÉES, VOUS **DEMEUREZ** UNE ADVERSAIRE DE VALEUR.
VOS PROPRES TALENTS NE SONT PAS NÉGLIGEABLES NON PLUS, VADOR...
... EN PARTICULIER POUR UNE CRÉATURE QUI TIENT PLUS DE LA MACHINE QUE DE L'HOMME.

VOUS AURIEZ FAIT UNE EXCELLENTE DISCIPLE. VOUS AURIEZ PU APPRENDRE BEAUCOUP...
... EN DÉCOUVRANT LE POUVOIR DU CÔTÉ OBSCUR.

CERTES, LE CÔTÉ OBSCUR EST UN CHEMIN FACILE...
... PLUS SÉDUISANT...
... MAIS PAS PLUS PUISSANT.
LE CÔTÉ POSITIF DE LA FORCE PEUT ÊTRE TOUT AUSSI TENACE.

AH
PAUVRE PALPATINE...
... SUR LE POINT DE **PERDRE** SON PION FAVORI.

VOUS SOUS-ESTIMEZ L'EMPEREUR SI VOUS PENSEZ QU'IL CHOISIT SES SERVITEURS AVEC SI PEU DE CLAIR-VOYANCE...
NNF!
... ET MOI, SI VOUS CROYEZ QUE JE VAIS TOMBER SI FACILEMENT.
OÙ CROYEZ-VOUS FUIR, JEDI...
...OÙ JE NE POURRAIS VOUS POURSUIVRE ?

AH !
NNH...
VOUS VOYEZ ?
VOTRE FORCE N'EST **RIEN** COMPARÉE À LA MIENNE.

VOUS COMPRENEZ SI PEU DE CHOSES.
À MOINS QUE VOUS N'EN AYEZ OUBLIÉ BEAUCOUP ?
VOS PLATITUDES SONNENT TELLEMENT CREUX. MAINTENANT QUE VOUS ÊTES PIÉGÉE...
... COMME TOUS LES AUTRES DE VOTRE ESPÈCE.
LA CHASSE ARRIVE À SON TERME INÉLUCTABLE. LA FIN DES JEDI...
... EST À PORTÉE DE MAIN.

-TOUSS-
-TOUSS-
CELA POURRAIT SE PASSER AUTREMENT, VADOR.
ON N'*ÉCHAPPE PAS* AU CÔTÉ OBSCUR.
LE CROYEZ-VOUS VRAIMENT ?
IL EST TROP TARD.

VADOR...
... REGARDE CE QUE TU AS FAIT.

TU VOIS, MAINTENANT ? TA FORCE N'EST RIEN COMPARÉE À LA MIENNE.
SOUVIENS-TOI, SKYWALKER, MÊME UNE *FAIBLE* LUEUR BRILLE DE MILLE FEUX...
... DANS *L'OBSCURITÉ*.

FIN.

Illustration de couverture de Star Wars Tales #2 *par Claudio Castellini & Guy Major*

Illustration de Tsuneo Sanda (Star Wars Tales #1)

RESURRECTION

Avec Dark Vador et Dark Maul

Scénario
RON MARZ
Dessin
RICK LEONARDI
Encrage
TERRY AUSTIN
Couleur
RAUL TREVINO DU STUDIO F

RÉSURRECTION
BIENTÔT ?

OUI.
BIENTÔT.
PRÉPAREZ-VOUS À VOUS POSER SUR KALAKAR SIX.
INITIALISATION DE LA SÉQUENCE DE ROTATION D'AILES.
LES SCANS TOPOGRAPHIQUES INDIQUENT UNE STRUCTURE EN SURFACE ASSEZ IMPORTANTE, APPAREMMENT UNE SORTE DE FORTERESSE.
SINON, LA SURFACE EN SOI PARAÎT PRESQUE EXCLUSIVEMENT CONSTITUÉE DE ROCHE VOLCANIQUE, SILLONNÉE DE CREVASSES DE MAGMA D'OÙ ÉMERGENT QUELQUES BLOCS FLOTTANTS.

PRÉCAUTIONS ATMOSPHÉRIQUES D'USAGE.
TOUT BIEN CONSIDÉRÉ, CET ENDROIT N'EST GUÈRE HOSPITALIER, MÊME POUR UNE LUNE DE LA BORDURE EXTÉRIEURE.
ATTERRISSAGE DANS CINQ...
... QUATRE...
... TROIS...
... DEUX...
... UN...

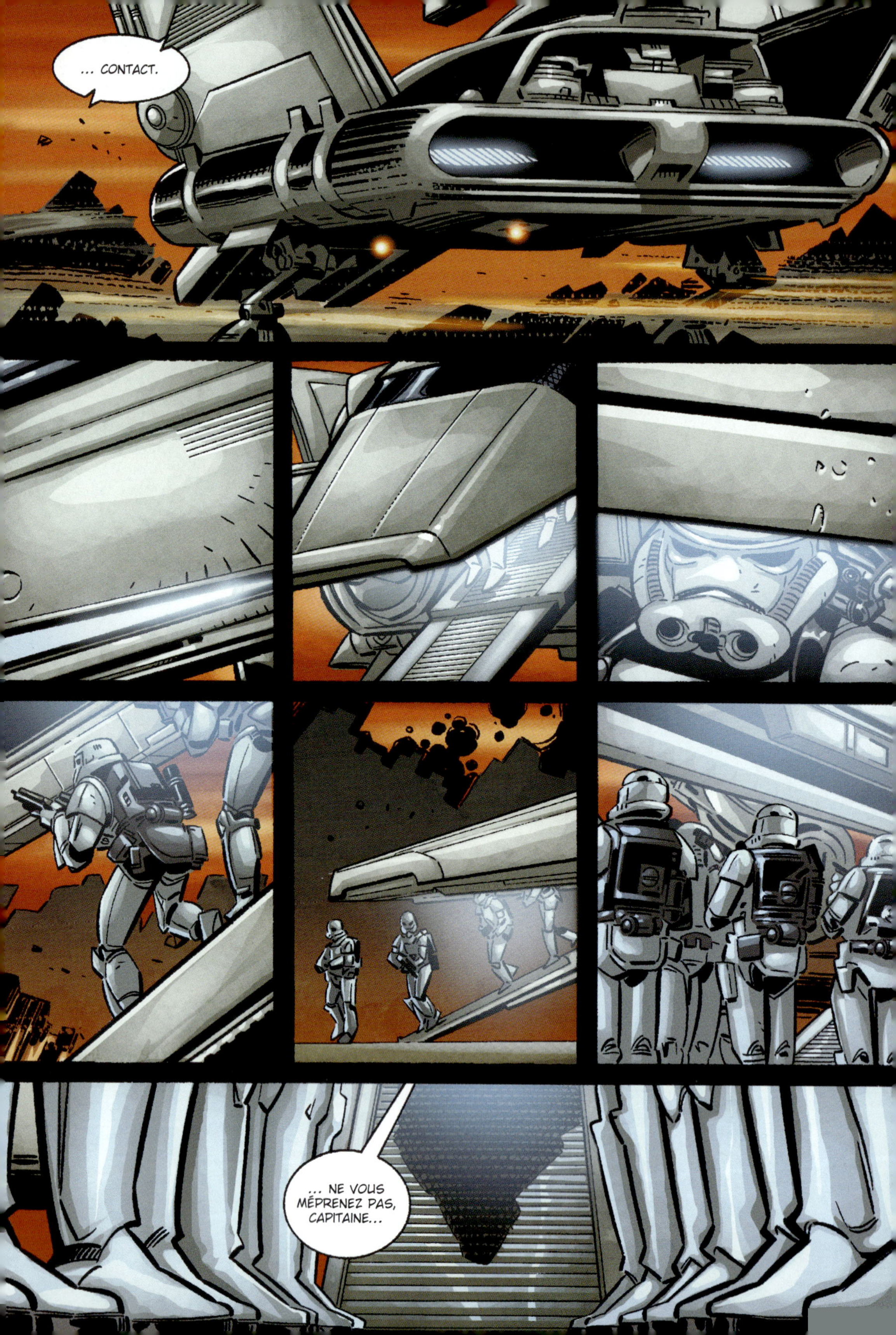
... CONTACT.
... NE VOUS MÉPRENEZ PAS, CAPITAINE...

JE VOUS TIENDRAI POUR PERSONNELLEMENT RESPONSABLE DE TOUTE DÉFAILLANCE.
SI LES DONNÉES OBTENUES PAR VOS INFORMATEURS SONT EXACTES, LES REBELLES SE SONT ARRANGÉS POUR TRANSMETTRE LES PLANS VOLÉS À UN AUTRE TRANSPORTEUR JUSQU'À CE SITE.
LES PLANS CONTIENNENT DES SCHÉMAS DE L'ÉTOILE NOIRE DE L'EMPEREUR. L'ARME QUI NOUS SERVIRA À ÉCRASER CETTE INSURRECTION.
JE VEUX, SOIT CES PLANS...

... SOIT LA CERTITUDE ABSOLUE QU'IL S'AGIT D'UNE FAUSSE PISTE.
CURIEUX. JE PERÇOIS QUELQUE CHOSE...
... DE FAMILIER.
COMPRIS, SEIGNEUR VADOR.
CAPITAINE, DEUX DE VOS HOMMES VONT M'ACCOMPAGNER POUR FOUILLER CETTE FORTERESSE.
DIVISEZ LES AUTRES EN DEUX ÉQUIPES POUR RECONNAÎTRE LES ALENTOURS.
À VOS ORDRES.
VOUS DEUX...
... VENEZ AVEC MOI.
VOUS AVEZ ENTENDU LE SEIGNEUR VADOR. FORMEZ DES BINÔMES ET DÉPLOYEZ-VOUS EN ÉVENTAIL.

CHAQUE ÉQUIPE RESTE EN CONTACT VOCAL AVEC LES AUTRES PAR COMLINK.
FAITES IMMÉDIATEMENT UN RAPPORT SI VOUS TROUVEZ UNE TRACE DES REBELLES *OU* DES PLANS.
RASSEMBLEMENT À LA NAVETTE DANS DEUX HEURES.
JE N'AIME PAS CET ENDROIT. IL ME DONNE LA CHAIR DE POULE.
JE VOIS CE QUE TU VEUX DIRE. MÊME LE SEIGNEUR VADOR A DIT QU'IL LE SENTAIT. JE ME DEMANDE CE QUE...
ASSEZ DE BAVARDAGES.
ON A DU PAIN SUR LA PLANCHE. LE SEIGNEUR VADOR S'EST VU ASSIGNER CETTE MISSION PAR L'EMPEREUR EN PERSONNE.
VADOR NE DÉCEVRA PAS L'EMPEREUR. ET VOUS SAVEZ COMMENT IL TRAITE CEUX QUI LE DÉÇOIVENT, *LUI*.
MAINTENANT *FILEZ*.
PLUS TÔT ON AURA RETROUVÉ CES PLANS, PLUS TÔT ON POURRA...

GK
CAPITAINE ?
QUE… ?! QU'EST-CE QUI…
UN INTRUS !
OÙ ? JE NE VOIS AUCUN…
ZZRAK
ZZRAK
GAA !

VREEOW
ZZRAK
AHH!
LÀ !
IL A...
UHK!
... DISPARU.
PERSONNE NE PEUT SE VOLATILISER COMME ÇA ! OÙ A-T-IL PU...
GHLK!

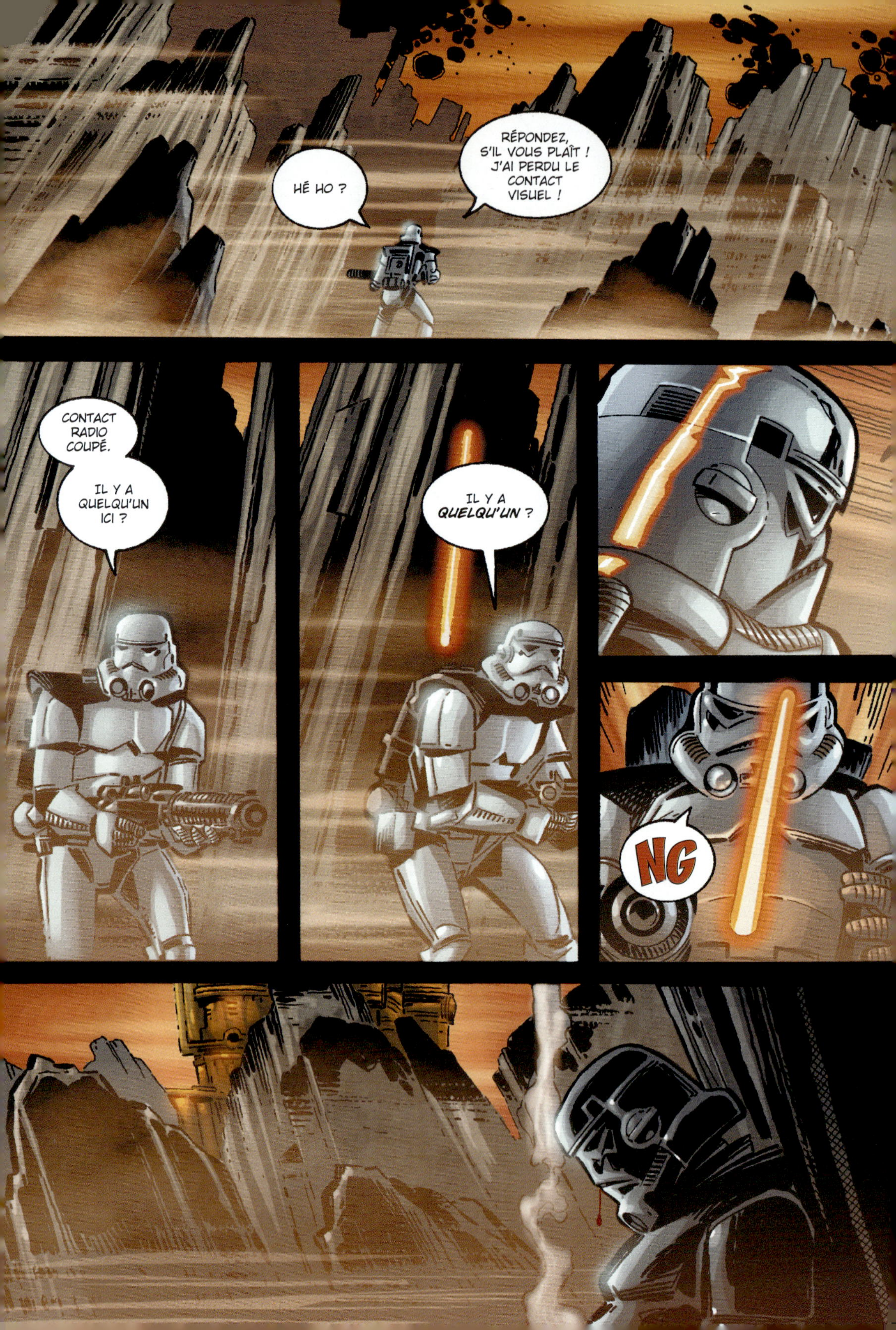
HÉ HO ?
RÉPONDEZ, S'IL VOUS PLAÎT ! J'AI PERDU LE CONTACT VISUEL !
CONTACT RADIO COUPÉ.
IL Y A QUELQU'UN ICI ?
IL Y A **QUELQU'UN** ?
NG

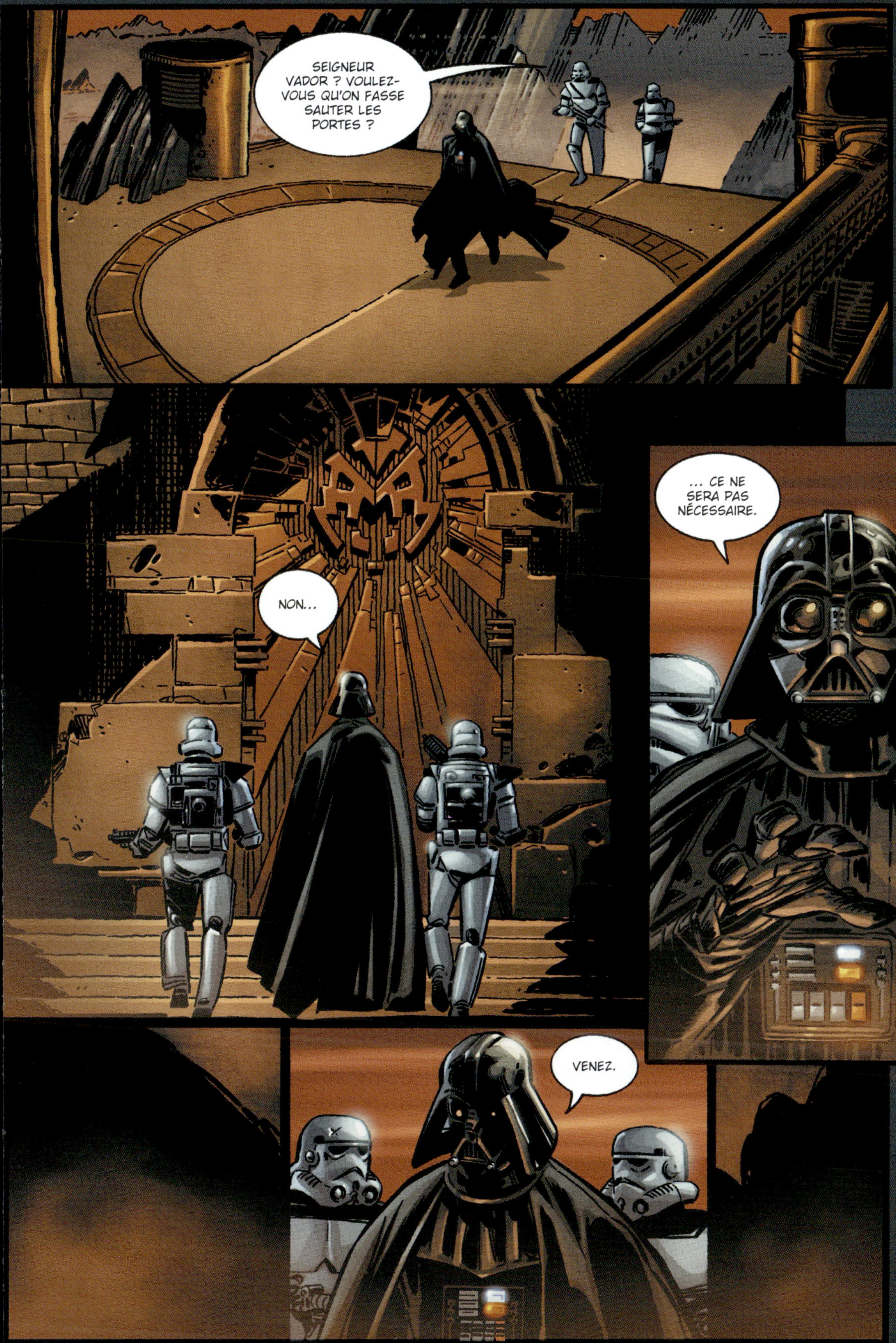
SEIGNEUR VADOR ? VOULEZ-VOUS QU'ON FASSE SAUTER LES PORTES ?
NON...
... CE NE SERA PAS NÉCESSAIRE.
VENEZ.

CET ENDROIT EST VIOLEMMENT IMPRÉGNÉ DU CÔTÉ OBSCUR.
SI LES REBELLES SONT BIEN ICI, ILS N'AURAIENT PAS PU CHOISIR UN REFUGE PLUS SINISTRE.
VOUS NE CONNAISSEZ PAS LA LÉGENDE ? CET ENDROIT A UNE HISTOIRE.
IL Y A CENT ANS, UN ARISTOCRATE APPELÉ YORN A QUITTÉ CORUSCANT POUR VENIR S'INSTALLER ICI AVEC QUELQUES ADEPTES.
ILS CROYAIENT QUE CETTE LUNE ÉTAIT LE POINT FOCAL DU CÔTÉ OBSCUR DE LA FORCE.
ALORS, ILS ONT BÂTI CETTE FORTERESSE DANS LE BUT D'Y MENER DES EXPÉRIENCES POUR EXPLORER LE CÔTÉ OBSCUR.
MAIS ***QUELQUE CHOSE*** S'EST ***PRODUIT***.
QUAND LE VAISSEAU DE RAVITAILLEMENT EST REVENU, TOUT LE MONDE AVAIT DISPARU. SAUF YORN. IL ÉTAIT DEVENU ***FOU***...
... ET S'ÉTAIT ARRACHÉ LA LANGUE ET LES YEUX.
PAS ÉTONNANT QU'ON SE SENTE... ***MAL***.
J'AI LA NAUSÉE DEPUIS QU'ON A POSÉ LE PIED ICI.
AH OUI, TOI AUSSI ?
ÇA EMPIRE À MESURE QU'ON APPROCHE DE...
TOUSS
TOUSS
TOUSS
ghk

S'IL VOUS PLAÎT, SEIGNEUR VADOR !
IL DISAIT ÇA COMME ÇA ! IL N'A PAS VOULU DIRE...
GLRK
GHAK
S-S'IL VOUS PLAÎT...
... SEIGNEUR VADOR...
CE N'EST PAS MOI.
GHAK
QUI ES-TU ?

MONTRE-TOI !
IL EST INUTILE DE BRANDIR VOTRE ARME, DARK VADOR..

C'EST **NOUS** QUI VOUS AVONS FAIT VENIR ICI...
NOUS NE VOUS FERONS PAS DE MAL.
QUI ÊTES-VOUS ?
NOUS SOMMES COMME VOUS...
ADEPTES DU CÔTÉ OBSCUR.
LES PLANS VOLÉS PAR LES REBELLES NE SONT PAS ICI.
UNE RUSE POUR M'ATTIRER.
OUI...
... UNE RUSE.

ET LES TROUPES DE L'EMPIRE ?
VOUS LES AVEZ DÉTRUITES ?
ELLES ÉTAIENT INUTILES, COMME TOUS CEUX QUI VOUS ACCOMPAGNAIENT. EUX AUSSI, NOUS LES AVONS DÉTRUITS.
VOUS ÊTES LE SEUL QUI NOUS INTÉRESSE, SEIGNEUR VADOR.
NOUS VOUS TROUVONS DÉFAILLANT.
QUOI ?!
JE SUIS UN SEIGNEUR SITH ! IL Y A TOUJOURS UN APPRENTI ET UN MAÎTRE. JE SUIS L'UN DES DEUX.
QUI ÊTES-VOUS POUR ME JUGER ?
NOUS NOUS SOMMES VOUÉS AU CÔTÉ OBSCUR.
NOUS AVONS RECONSTITUÉ LES SECRETS DES SITH...
... ET RASSEMBLÉ DES CONNAISSANCES QUE SEULES DEUX PERSONNES SONT AUTORISÉES À DÉTENIR.
NOUS VOUS CONSIDÉRONS COMME UN APPRENTI INDIGNE DU MAÎTRE, À CAUSE DE CELUI QUE VOUS AVEZ ÉTÉ...
... ANAKIN SKYWALKER.

ANAKIN SKYWALKER N'EST PLUS !
NOUS VOUS OBSERVONS DEPUIS LONGTEMPS, SEIGNEUR VADOR.
IL RESTE TROP DU JEDI EN VOUS, UNE ÉTINCELLE DE LUMIÈRE QUI TARDE ENCORE À S'ÉTEINDRE.
VOUS N'ÊTES PAS ISSU D'UNE LIGNÉE VOUÉE AU MAL.
VOUS N'ÊTES PAS DIGNE DE SERVIR L'EMPEREUR.
COMMENT OSEZ-VOUS ?
VOUS VOUS ÊTES CONDAMNÉS !
KZZZCH

DARK MAUL ?

L'HEURE N'EST PAS ENCORE VENUE.
ZHH
CHZZ
ASSEZ !
COMMENT AVEZ-VOUS FAIT ?
DARK MAUL ÉTAIT UN APPRENTI SITH...
... MAIS IL A ÉTÉ TUÉ IL Y A DES ANNÉES. ÇA NE PEUT PAS ÊTRE LUI.
VOUS CROYEZ ? IL EXISTE DES MOYENS POUR RAMENER À LA VIE CEUX QUI NE SONT PLUS.
IL EXISTE DES MOYENS POUR CRÉER UN INDIVIDU.
POUR LE MODELER DE TOUTES PIÈCES.
SI LA HAINE EST ASSEZ FORTE.
NOUS AVONS PRIS SUR NOUS DE FAIRE REVENIR UN APPRENTI DIGNE DE SON MAÎTRE...
... PLUTÔT QUE D'EN TOLÉRER UN QUI SOIT SOUILLÉ.

L'EMPEREUR EST-IL AU COURANT ?
NON, IL L'IGNORE.
MAIS QUAND IL L'APPRENDRA, IL ACCUEILLERA SÛREMENT NOTRE CADEAU AVEC LE SOURIRE.
L'ASSASSINAT DE MAUL PAR UN JEDI A ÉTÉ UNE TRAGÉDIE. MAINTENANT, IL REVIT.
IL VOUS REMPLACERA À LA DROITE DU MAÎTRE.
VOUS REPRÉSENTEZ UN TROP GRAND RISQUE POUR LE CÔTÉ OBSCUR.
NOTRE PRÉDOMINANCE NE DOIT PAS DÉPENDRE DE QUELQU'UN QUI A ÉTÉ ENTRAÎNÉ PAR CELUI-LÀ MÊME QUI A TUÉ DARK MAUL.
IL NE RESTE RIEN D'OBI-WAN EN MOI.
JE NE SAIS COMMENT VOUS AVEZ ACCOMPLI CELA, MAIS VOS CALCULS SONT ERRONÉS.
CROYIEZ-VOUS QUE J'ALLAIS LE PERMETTRE ? QUE L'EMPEREUR ALLAIT LE PERMETTRE ?
MAUL FERA SES PREUVES EN VOUS TUANT. L'EMPEREUR SERA CONTENT.
BIEN SÛR, VOUS POUVEZ REFUSER LE DUEL ET TENTER DE NOUS DÉTRUIRE TOUS SUR-LE-CHAMP.
VOUS POURRIEZ MÊME RÉUSSIR.
MAIS UNE TELLE ACTION NE VOUS DIMINUERAIT-ELLE PAS AUX YEUX DE L'EMPEREUR ? ET VOUS N'AURIEZ DE CESSE DE VOUS INTERROGER. LE DOUTE VOUS RONGERAIT.
VOUS VOUS DEMANDEREZ TOUJOURS SI DARK MAUL N'ÉTAIT PAS MEILLEUR QUE VOUS... SAUF SI VOUS RELEVEZ LE DÉFI. ALORS...

... ALLEZ-VOUS L'AFFRONTER ?
JE VAIS LE TUER.

C'EST CE QUE VOUS CROYEZ.

MAUL EST MORT ! TU ES UN IMPOSTEUR !
NON...
KZZCH
CHUD
... C'EST TOI, L'IMPOSTEUR...
... JEDI.

JE LE SENS ENCORE EN TOI... UNE LUEUR SOLITAIRE DANS LE NOIR, QUE TU REFUSES DE LAISSER S'ÉTEINDRE.
CHZK
PAS COMME MOI.
MES TÉNÈBRES...
... MA HAINE...
... SONT INFINIES.

TU PENSES CONNAÎTRE LE CÔTÉ OBSCUR ?
VOICI CE QUE PEUT FAIRE LE CÔTÉ OBSCUR.
ZZRAK
ZZRAK
VREEOW
VREEOW
TES PETITS SOLDATS NE T'AIDERONT PAS À GAGNER CETTE BATAILLE.

JE N'AI PAS BESOIN D'AIDE POUR DÉTRUIRE UN IMPOSTEUR.
C'EST TOI QUI PORTES LE MASQUE...
ZZAK
... TOI QUI CACHES TON INDIGNITÉ. DIS-MOI...
VZAK
NNF
FAPP
... LEQUEL DE NOUS DEUX EST VRAIMENT L'IMPOSTEUR ?
KZZCH

ZRAAK
KZZCH
ÉTONNANT, JEDI.
TU PARVIENS À ME RÉSISTER.
JE ME DEMANDE...
... SI TU ES AUSSI CONFIANT...
... QUAND TU NE PEUX PRENDRE APPUI...
ZRAAK
ZRAAK

… SUR LA TERRE FERME ?
AFF!
TU RETOMBES AVEC GRÂCE, JEDI.
THAP

"N'IN-TERROMPS JAMAIS UNE CHUTE."
KTCH
"SI TU ES PRÊT À INTERROMPRE TA CHUTE, TU ES PRÊT POUR LA CHUTE AUSSI."
"LES SITH NE TOMBENT PAS."

TON MAÎTRE NE T'A-T-IL RIEN APPRIS ?
"LÀ OÙ IL Y A LA FORCE, IL N'Y A PAS DE SOUFFRANCE."
VISIBLEMENT TU AS BIEN APPRIS TES LEÇONS...
... MAIS PAS AUSSI BIEN QUE J'AI APPRIS LES MIENNES.

SKRANK
SUIS-MOI...
... SI TU LE PEUX.

"ÉTRANGE..."
... IL Y A MOINS D'ÉCART ENTRE EUX QUE NOUS NE LE PRÉVOYIONS.
MAIS MAUL REMPORTERA LA VICTOIRE.
C'EST UNE MACHINE DE HAINE PURE. CET AUTRE...
KZZCH
"... LA LUMIÈRE EST TROP PRÉSENTE EN LUI."

SHZZ
GHH!
THAP
NFF
APPROCHE...

... ET FINISSONS-EN.
OUI...
... FINISSONS-EN.
COMMENT PEUX-TU ÊTRE UN BON SERVITEUR POUR TON MAÎTRE ?

NZZCH
TU TIENS PLUS DE LA MACHINE...
... QUE DE L'HOMME.
ZZN
COMMENT UNE MACHINE PEUT-ELLE HAÏR ?
TZZ

COMMENT ME VAINCRAS-TU ?
J'AI TUÉ LE MAÎTRE D'OBI-WAN.
ET OBI-WAN...
... T'A TUÉ !
SHRZAK

UMM
UMM
SHZZ
KRZZCH

SHRZZZ
AGH!
TON MAÎTRE VA ENFIN AVOIR UN APPRENTI DIGNE DES SITH.
RMMMMMMMM

RRRRRMMMMBBLL

PAS DE BÛCHER FUNÉRAIRE JEDI POUR TOI, SKYWALKER.
TA HAINE ÉTAIT INSUFFI-SANTE.
NGH!
TEK

GAHH!

QUI...
QUI PEUX-TU DONC HAÏR ASSEZ...
... POUR ME DÉTRUIRE ?
MOI-MÊME.

TEK
NH...
CE...
... CE N'EST PAS POSSIBLE.
NOUS ÉTIONS TELLEMENT SÛRS DE L'ISSUE.

JE VOUS AI AVERTIS...
... VOUS AVEZ PROVOQUÉ VOTRE PROPRE DESTIN.
AAGH!
GYAH!
SKRAKLE

JE VOIS QUE VOUS AVEZ SURVÉCU, APPRENTI.
BIEN.
MAÎTRE ?
JE NE COMPRENDS PAS CE QUE... COMMENT SE FAIT-IL QUE VOUS SOYEZ ICI ?
MA PROPRE NAVETTE A SUIVI LA VÔTRE, SEIGNEUR VADOR. J'ESPÉRAIS QUE VOUS RÉCUPÉRERIEZ LES PLANS VOLÉS PAR LES REBELLES.
DOIS-JE EN DÉDUIRE QU'ILS NE SONT PAS ICI ?
NON, MON MAÎTRE.
CE N'ÉTAIT QU'UN LEURRE MIS AU POINT PAR CEUX QUE VOUS VENEZ DE TUER. UN LEURRE DESTINÉ À M'ATTIRER DANS CET ENDROIT.

ILS AVAIENT RECRÉÉ DARK MAUL. J'IGNORE COMMENT.
IL EXISTE DES MOYENS POUR FAIRE REVIVRE CEUX QUI NE SONT PLUS.
CES TROIS-LÀ ÉTAIENT DES HÉRÉTIQUES.
APPAREMMENT, ILS CROYAIENT QU'ILS POUVAIENT ME FOURNIR UN MEILLEUR APPRENTI.
CEPENDANT, VOUS L'AVEZ VAINCU.
OUI, MON MAÎTRE.
MAÎTRE ?
AVIEZ-VOUS EU VENT DE CECI ? DE CE QUE FOMENTAIENT CES ACOLYTES ?
ALLONS, BIEN SÛR QUE NON, APPRENTI.
IL Y A BEAUCOUP À FAIRE, SEIGNEUR VADOR.
NOUS DEVONS RETROUVER LES PLANS TOMBÉS AUX MAINS DES REBELLES. JE NE LAISSERAI PAS MENACER MON ÉTOILE NOIRE.
VENEZ...

... SUIVEZ-MOI.
OUI, MON MAÎTRE.
FIN.

Illustration de couverture de Star Wars Tales #9 *par Jon Foster*

Un simple moment de doute...

Avec Dark Vador

Scénario
Lovern Kindzierski
Dessin
Robert Teranishi
Couleur
Dave Mc Caig

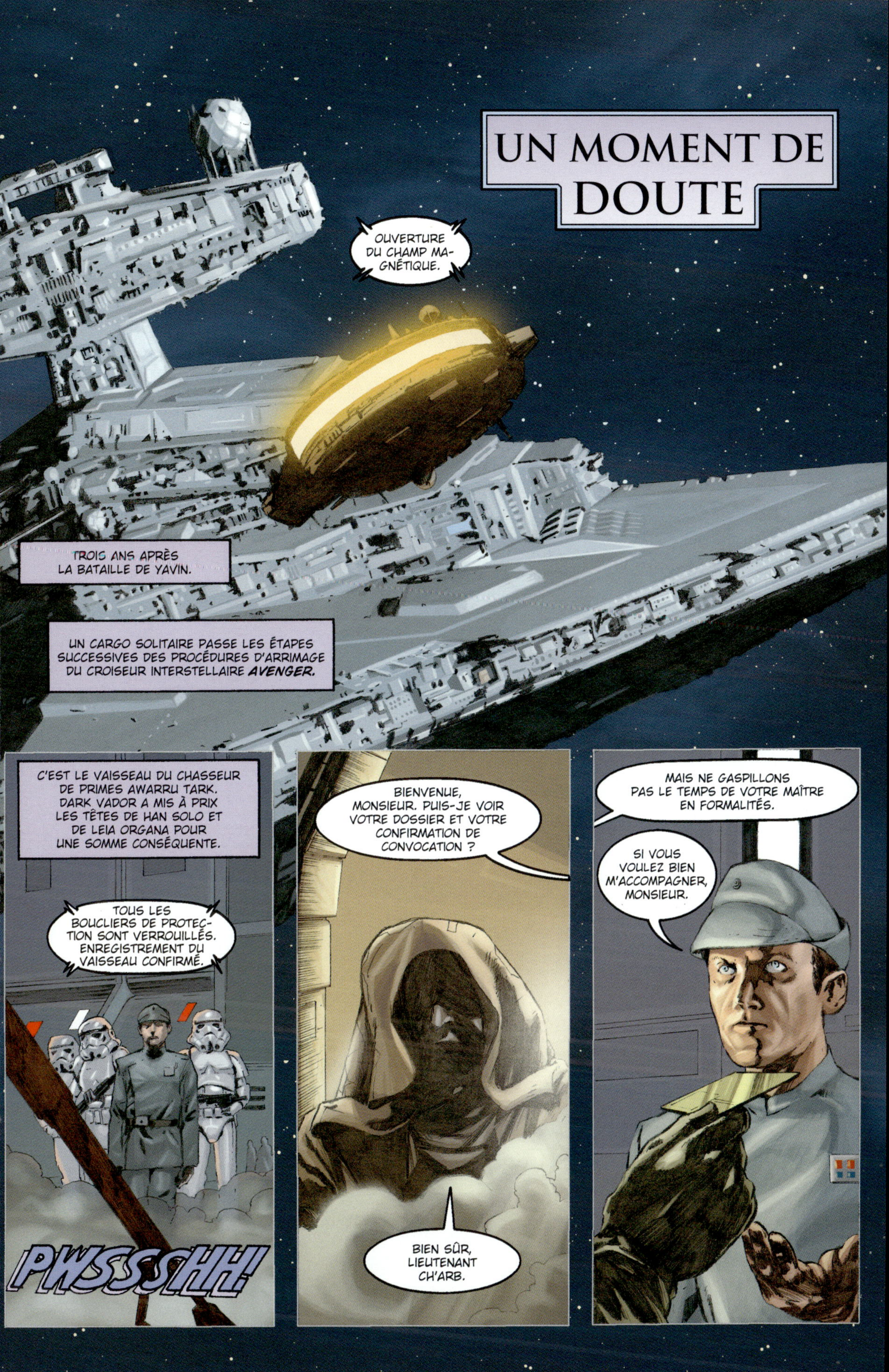
UN MOMENT DE DOUTE
OUVERTURE DU CHAMP MA-GNÉTIQUE.
TROIS ANS APRÈS LA BATAILLE DE YAVIN.
UN CARGO SOLITAIRE PASSE LES ÉTAPES SUCCESSIVES DES PROCÉDURES D'ARRIMAGE DU CROISEUR INTERSTELLAIRE AVENGER.
C'EST LE VAISSEAU DU CHASSEUR DE PRIMES AWARRU TARK. DARK VADOR A MIS À PRIX LES TÊTES DE HAN SOLO ET DE LEIA ORGANA POUR UNE SOMME CONSÉQUENTE.
TOUS LES BOUCLIERS DE PROTEC-TION SONT VERROUILLÉS. ENREGISTREMENT DU VAISSEAU CONFIRMÉ.
PWSSSHH!
BIENVENUE, MONSIEUR. PUIS-JE VOIR VOTRE DOSSIER ET VOTRE CONFIRMATION DE CONVOCATION ?
BIEN SÛR, LIEUTENANT CH'ARB.
MAIS NE GASPILLONS PAS LE TEMPS DE VOTRE MAÎTRE EN FORMALITÉS.
SI VOUS VOULEZ BIEN M'ACCOMPAGNER, MONSIEUR.

IL EST DE MON DEVOIR DE SUIVRE LES ORDRES ET DE TRAITER TOUS LES INVITÉS AVEC ÉGARDS, AUSSI INSIGNIFIANT QUE SOIT LEUR ASPECT.
SEIGNEUR VADOR.
V-VOICI AWARRU TARK. IL ÉTAIT SUR LA LISTE DES MERCENAIRES QUE VOUS AVEZ CONVIÉS À VOUS RENCONTRER.
SEIGNEUR VADOR, PARDONNEZ MON RETARD, MAIS J'AI ÉTÉ RETENU AUX DOUANES DE MYRKR. ON M'A PRIS UN MOMENT POUR TALON KAARDE SOUS UNE FAUSSE IDENTITÉ.

VOTRE ATTITUDE NE M'IMPRESSIONNE GUÈRE. VOUS ÊTES ICI PARCE QUE VOUS ÊTES RÉPUTÉ POUR VOS RÉSULTATS, ET RIEN DE PLUS.
VOTRE RETARD EST DE VOTRE RESPONSABILITÉ. BIEN. ALLONS-NOUS FAIRE AFFAIRE, OU CHERCHEZ-VOUS VRAIMENT À SUBIR MON MÉCONTENTEMENT ?
BEEP-BEEP
BEEP-BEEP
JE VOUS EN PRIE, SEIGNEUR VADOR, PASSONS AUX CHOSES SÉRIEUSES...
BEEP-BEEP
BEEP-BEEP
BOOOM BOOM
BOOM

RÉGLONS TOUT DE SUITE NOS FOUTUES AFFAIRES !
THA-WHOOMPH!
VWOOP! VWOOP! VWOOP!

EN UNE SECONDE, VADOR COMPREND SON ERREUR.
TSSSSHH-K-K-K
IL A CONFONDU L'AURA QU'IL A PERÇUE CHEZ TARK AVEC L'ÉTAT D'ESPRIT HABITUEL DES TUEURS, ALORS QU'IL S'AGISSAIT UNIQUEMENT DE L'IMPATIENCE DU CHASSEUR.
MAIS IL NE SE LAISSE PAS EMBRUMER L'ESPRIT PAR DES RÉCRIMINATIONS.
L'ATTAQUE EST RAPIDE ET PRÉCISE. UNE ATTAQUE TROP LINÉAIRE EST FACILE À ÉVITER.
LES ATTAQUES, COMME LES GENS, PEUVENT ÊTRE TROMPEUSES. CETTE FOIS, VADOR TIENT SA RÉPONSE.

TARK EST UN ENNEMI REDOUTABLE. MAIS VADOR AUSSI.
VASH!
UNE FOIS DE PLUS, LE SEIGNEUR SITH A SOUS-ESTIMÉ SON ADVERSAIRE.
SHWAKK!
SLAM
LES RÉFLEXES DE VADOR LE SAUVENT IN EXTREMIS DE LA NOUVELLE SALVE DE TARK. IL RÉALISE QUE LE MERCENAIRE NE FAIT QUE TROUVER SON RYTHME.
ZZZAK!

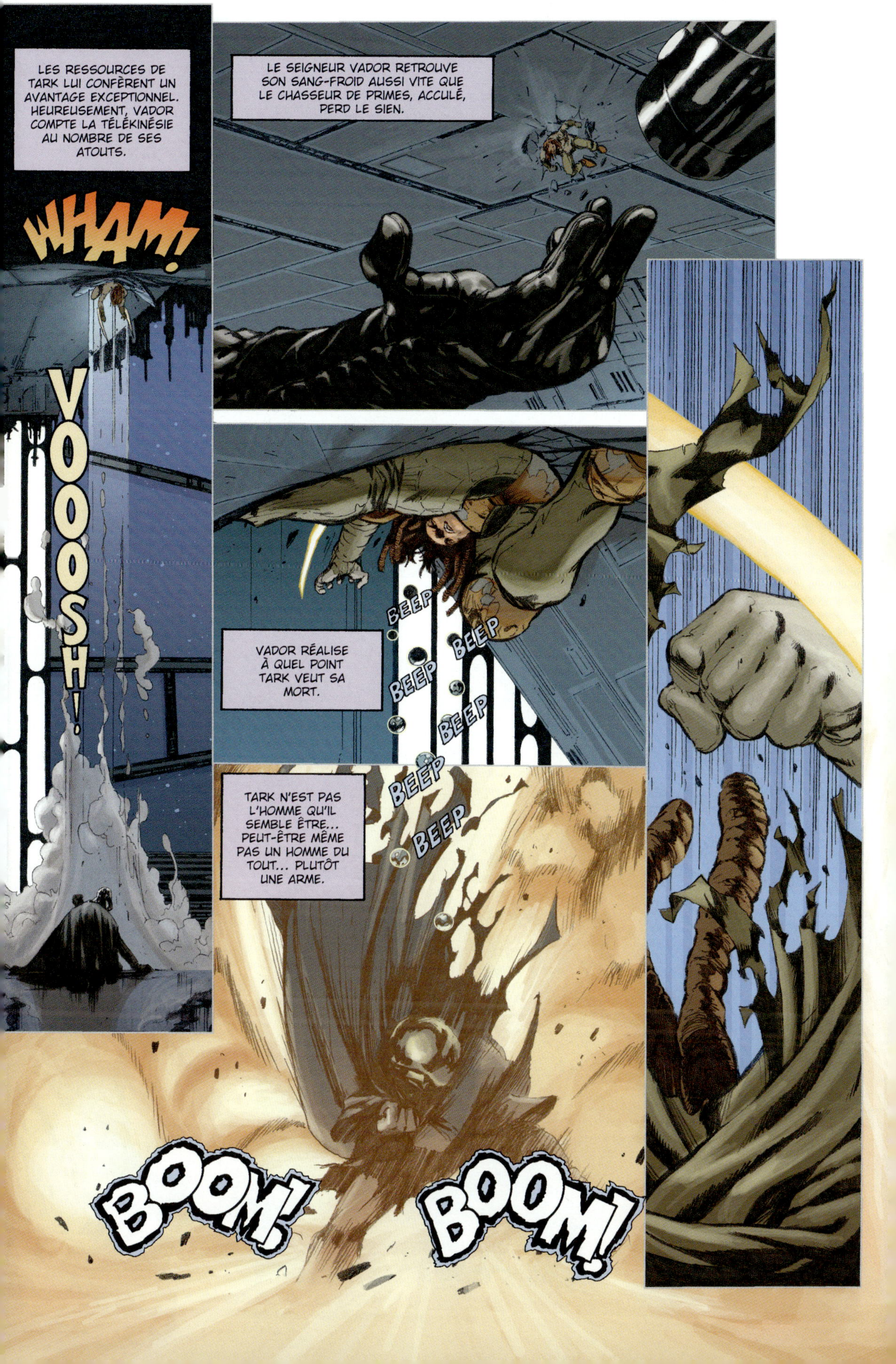
LES RESSOURCES DE TARK LUI CONFÈRENT UN AVANTAGE EXCEPTIONNEL. HEUREUSEMENT, VADOR COMPTE LA TÉLÉKINÉSIE AU NOMBRE DE SES ATOUTS.
WHAM!
VOOOSH!
LE SEIGNEUR VADOR RETROUVE SON SANG-FROID AUSSI VITE QUE LE CHASSEUR DE PRIMES, ACCULÉ, PERD LE SIEN.
BEEP
BEEP
BEEP
BEEP
VADOR RÉALISE À QUEL POINT TARK VEUT SA MORT.
BEEP
BEEP
TARK N'EST PAS L'HOMME QU'IL SEMBLE ÊTRE... PEUT-ÊTRE MÊME PAS UN HOMME DU TOUT... PLUTÔT UNE ARME.
BOOM!
BOOM!

MAIS DARK VADOR EST UN ADVERSAIRE SANS ÉGAL.
IL MAÎTRISE PARFAITEMENT L'ARME DE LA TERREUR.
OR CELLE-CI, COMME TOUTE ARME, PEUT ÊTRE RETOURNÉE CONTRE CELUI QUI L'EMPLOIE.
TOUT CE QUI RESTE DE VADOR SE TIENT SOUS SON ARMURE CONÇUE SUR MESURE. DANS QUELQUES SECONDES, SON CORPS HUMAIN SERA EXPOSÉ DANS TOUTE SA FAIBLESSE.

SE SENTANT GLISSER DANS L'ÉTREINTE DE LA MORT, VADOR SE CONNECTE À L'ESPRIT DE SON ADVERSAIRE.
IL FAIT APPEL À SES POUVOIRS MENTAUX POUR TENTER DE CONTRÔLER TARK, PASSANT LE BARRAGE DE LA HAINE QUI POSSÈDE SON ENNEMI.
NON ! PAS TARK, MAIS STAUZ CZYCZ. QUI EST CET HOMME ? À PEINE LA QUESTION S'EST-ELLE ESQUISSÉE QUE VADOR EST ATTIRÉ PLUS AVANT DANS LES PROFONDEURS DE L'ESPRIT DU TUEUR.
STAUZ ÉTAIT UN SOLDAT, DANS UN MONDE CHOISI PAR PALPATINE POUR FAIRE UN EXEMPLE.
IL S'EST BATTU POUR DÉFENDRE SON FOYER ET SES PROCHES.
MAIS LA GUERRE LUI A VOLÉ SES RÊVES DE JEUNESSE ET SA FAMILLE.

YAAAARRGH!
EMBRASSANT LES TÉNÈBRES APRÈS LA PERTE DES SIENS, STAUZ A ÉCHANGÉ SON PROPRE CORPS CONTRE LE POUVOIR DE SE VENGER.
MAIS LE MARCHÉ COMPORTAIT UNE FAILLE, PAR LAQUELLE LE DÉSIR DE STAUZ POUVAIT S'ÉCHAPPER, ET SON SACRIFICE ÊTRE RÉDUIT À NÉANT.
VMMMMM!
DANS LA TÊTE DE VADOR, LA COLÈRE DE STAUZ EXPLOSE DANS TOUTE SON AMPLEUR.
LA VIOLENCE DE CETTE FURIE EXPULSE VADOR DU CERVEAU DE SON ADVERSAIRE ET LES PARALYSE TOUS DEUX DANS UNE ÉTREINTE FÉROCE.

LE RÉPIT PREND FIN. VADOR, GRÂCE À SES POUVOIRS TÉLÉKINÉTIQUES, S'ATTAQUE AU POUVOIR DU GÉNÉRATEUR DE CHAMP DE FORCES IMPLANTÉ EN STAUZ.
VAAAASHHHHH!
AVEC LA VITESSE, LA BRUTALITÉ GRÂCE AUXQUELLES IL EN A DÉJÀ TUÉS TANT D'AUTRES, VADOR MET UN TERME À L'EXISTENCE DE STAUZ.
CEPENDANT, JAMAIS AUPARAVANT IL N'A AFFRONTÉ UN ENNEMI AUSSI DÉTERMINÉ DANS SA HAINE, AUSSI PRÉPARÉ ET FAMILIARISÉ À TRAITER AVEC LA MORT, UN ADVERSAIRE QUI LUI RESSEMBLE À CE POINT.

QUELQUE TEMPS PLUS TARD...
PRESQUE TOUS LES DÉGÂTS CAUSÉS PAR STAUZ, ESSENTIELLEMENT LIMITÉS À L'ARMURE DE VADOR, ONT ÉTÉ VITE RÉPARÉS.
DE NOUVEAU, IL SENT LA FORCE AFFLUER DANS SES MEMBRES, L'AIR EMPLIR SES POUMONS, ET PAR-DESSUS TOUT, L'ODEUR DE LA PEUR DE CEUX QUI L'ENTOURENT. SON ASSURANCE N'A PAS ÉTÉ ÉBRANLÉE.
S-SEIGNEUR VADOR. UN MESSAGE EST ARRIVÉ POUR VOUS DE BESPIN.
J'EN PRENDRAI CONNAISSANCE SUR LE PONT.
LE SEIGNEUR VADOR SE RELÈVE DE CETTE BATAILLE PLUS FORT QU'AUPARAVANT. ET POURTANT SON ARMURE A ÉTÉ ENTAMÉE... ET SON ESPRIT SE TOURNE VERS DES PENSÉES QUI NE L'ONT PAS EFFLEURÉ DEPUIS DES ANNÉES.
IL SONGE À UN MORT QUI A PERDU SES ENFANTS ET SACRIFIÉ SON HUMANITÉ POUR ASSOUVIR SA SOIF DE VENGEANCE.
DARK VADOR SONGE À UN PÈRE QUI, À SA MORT, TENAIT PLUS DE LA MACHINE QUE DE L'HOMME.
FIN.

Illustration de couverture de Star Wars Tales #17 *par Alvin Lee & Udon*

LOUÉ SOIT LE CRÉATEUR...

Avec Dark Vador et C3PO

Scénario
RYDER WINDHAM
Dessin
KILIAN PLUNKETT
Couleur
DAVE MC CAIG

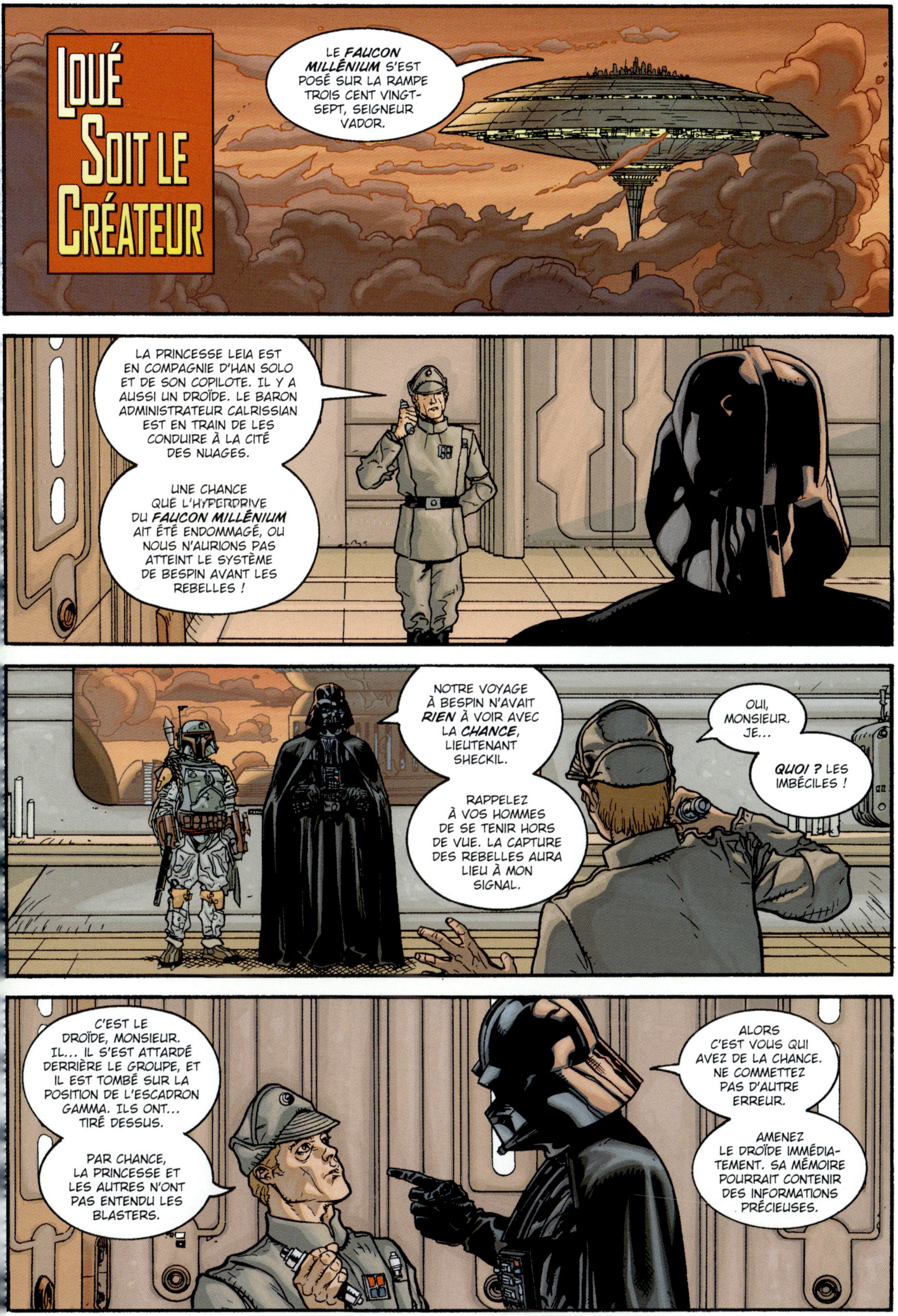
LOUÉ SOIT LE CRÉATEUR
LE FAUCON MILLÉNIUM S'EST POSÉ SUR LA RAMPE TROIS CENT VINGT-SEPT, SEIGNEUR VADOR.
LA PRINCESSE LEIA EST EN COMPAGNIE D'HAN SOLO ET DE SON COPILOTE. IL Y A AUSSI UN DROÏDE. LE BARON ADMINISTRATEUR CALRISSIAN EST EN TRAIN DE LES CONDUIRE À LA CITÉ DES NUAGES.
UNE CHANCE QUE L'HYPERDRIVE DU FAUCON MILLÉNIUM AIT ÉTÉ ENDOMMAGÉ, OU NOUS N'AURIONS PAS ATTEINT LE SYSTÈME DE BESPIN AVANT LES REBELLES !
NOTRE VOYAGE À BESPIN N'AVAIT RIEN À VOIR AVEC LA CHANCE, LIEUTENANT SHECKIL.
RAPPELEZ À VOS HOMMES DE SE TENIR HORS DE VUE. LA CAPTURE DES REBELLES AURA LIEU À MON SIGNAL.
OUI, MONSIEUR. JE...
QUOI ? LES IMBÉCILES !
C'EST LE DROÏDE, MONSIEUR. IL... IL S'EST ATTARDÉ DERRIÈRE LE GROUPE, ET IL EST TOMBÉ SUR LA POSITION DE L'ESCADRON GAMMA. ILS ONT... TIRÉ DESSUS.
PAR CHANCE, LA PRINCESSE ET LES AUTRES N'ONT PAS ENTENDU LES BLASTERS.
ALORS C'EST VOUS QUI AVEZ DE LA CHANCE. NE COMMETTEZ PAS D'AUTRE ERREUR.
AMENEZ LE DROÏDE IMMÉDIATEMENT. SA MÉMOIRE POURRAIT CONTENIR DES INFORMATIONS PRÉCIEUSES.

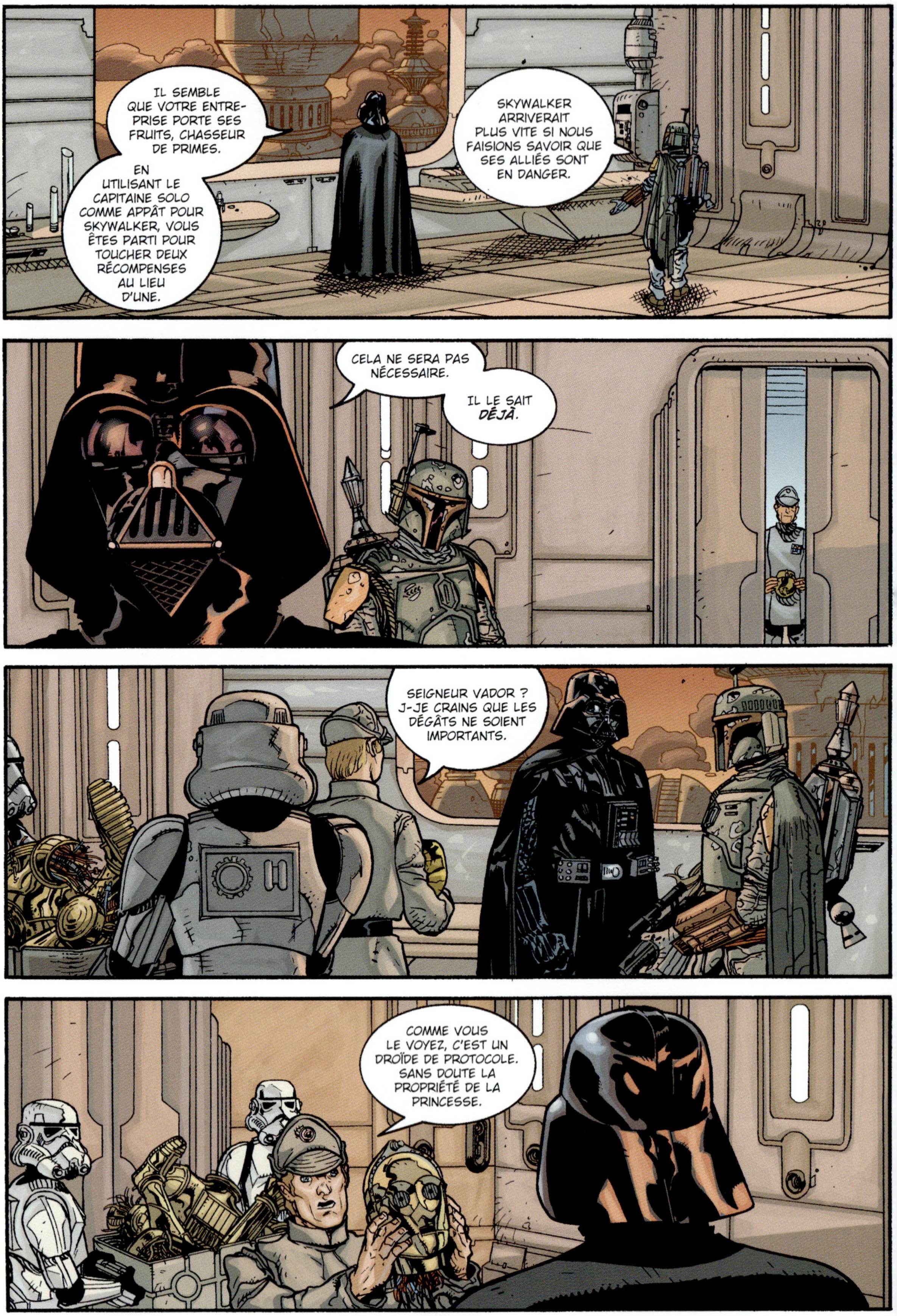
IL SEMBLE QUE VOTRE ENTRE-PRISE PORTE SES FRUITS, CHASSEUR DE PRIMES.
EN UTILISANT LE CAPITAINE SOLO COMME APPÂT POUR SKYWALKER, VOUS ÊTES PARTI POUR TOUCHER DEUX RÉCOMPENSES AU LIEU D'UNE.
SKYWALKER ARRIVERAIT PLUS VITE SI NOUS FAISIONS SAVOIR QUE SES ALLIÉS SONT EN DANGER.
CELA NE SERA PAS NÉCESSAIRE.
IL LE SAIT ***DÉJÀ***.
SEIGNEUR VADOR ? J-JE CRAINS QUE LES DÉGÂTS NE SOIENT IMPORTANTS.
COMME VOUS LE VOYEZ, C'EST UN DROÏDE DE PROTOCOLE. SANS DOUTE LA PROPRIÉTÉ DE LA PRINCESSE.

COMPTE TENU DE LA FAÇON DONT LES TIRS ONT BRISÉ CES PIÈCES, IL A PROBABLEMENT ÉTÉ FABRIQUÉ ...
"... IL Y A BIEN LONGTEMPS."
HÉ, KISTER ! REGARDE CE QUE J'AI TROUVÉ !
QU'EST-CE QUE C'EST, ANAKIN ?
UNE TÊTE DE DROÏDE ! ET PAS UN DROÏDE DE MINE, ATTENTION !
IL EST BIEN AMOCHÉ. C'ÉTAIT PEUT-ÊTRE UNE SORTE DE DROÏDE DE COMBAT.
JE NE CROIS PAS. LE MÉTAL N'EST PAS TRÈS ÉPAIS ET...
OH, WOW !
TOUTE LA CHARPENTE STRUCTURELLE EST LÀ ! TU SAIS CE QUE ÇA VEUT DIRE, NON ?
HMM, NON.
ÇA VEUT DIRE QUE JE PEUX M'EN FABRIQUER UN...
<GAMIN ! GAMIN ! OÙ DIABLE EST-TU PASSÉ ?>
OH, NON ! C'EST WATTO ! ATTENDS-MOI ICI !

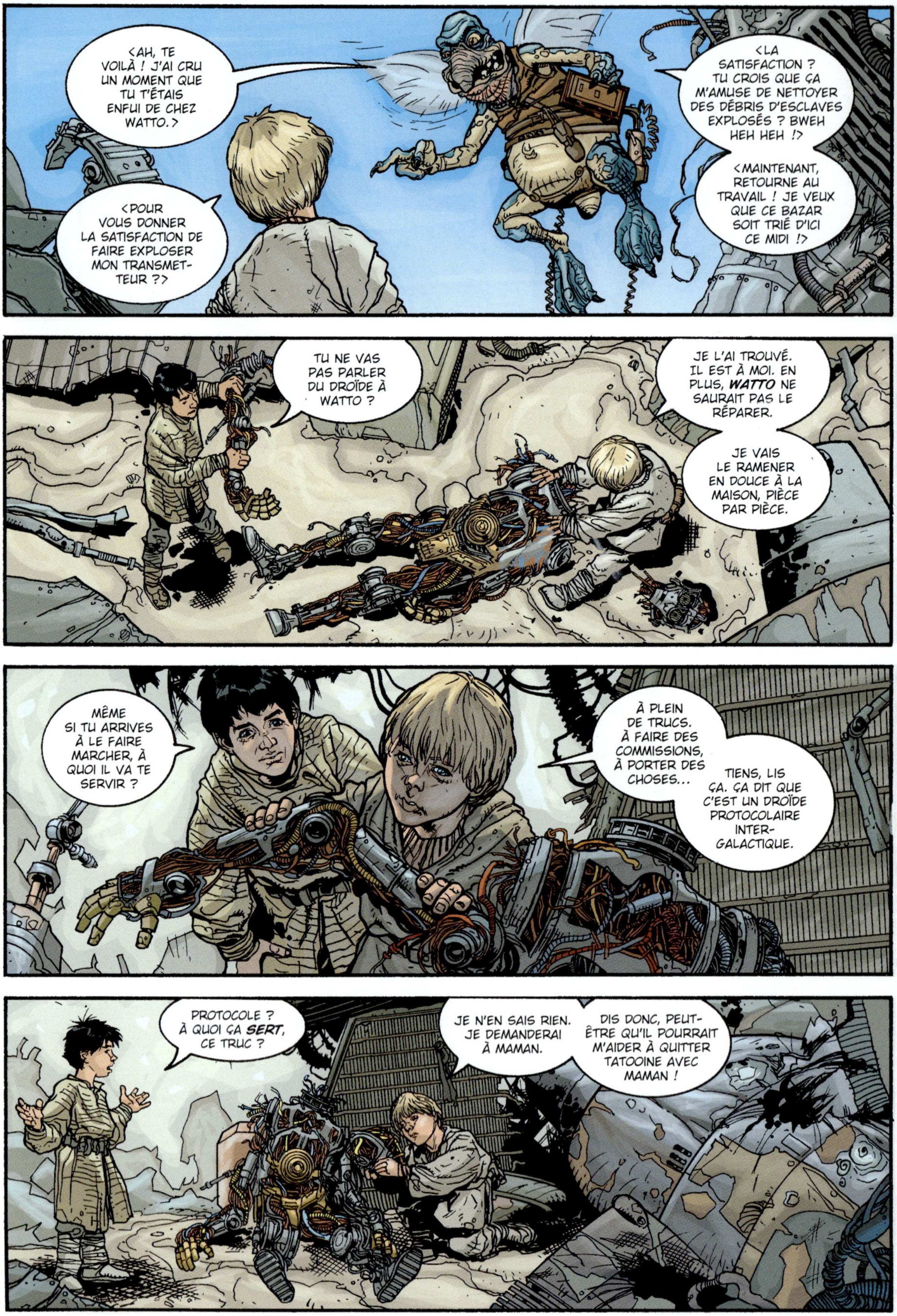

<AH, TE VOILÀ ! J'AI CRU UN MOMENT QUE TU T'ÉTAIS ENFUI DE CHEZ WATTO.>
<POUR VOUS DONNER LA SATISFACTION DE FAIRE EXPLOSER MON TRANSMETTEUR ?>
<LA SATISFACTION ? TU CROIS QUE ÇA M'AMUSE DE NETTOYER DES DÉBRIS D'ESCLAVES EXPLOSÉS ? BWEH HEH HEH !>
<MAINTENANT, RETOURNE AU TRAVAIL ! JE VEUX QUE CE BAZAR SOIT TRIÉ D'ICI CE MIDI !>
TU NE VAS PAS PARLER DU DROÏDE À WATTO ?
JE L'AI TROUVÉ. IL EST À MOI. EN PLUS, WATTO NE SAURAIT PAS LE RÉPARER.
JE VAIS LE RAMENER EN DOUCE À LA MAISON, PIÈCE PAR PIÈCE.
MÊME SI TU ARRIVES À LE FAIRE MARCHER, À QUOI IL VA TE SERVIR ?
À PLEIN DE TRUCS. À FAIRE DES COMMISSIONS, À PORTER DES CHOSES...
TIENS, LIS ÇA. ÇA DIT QUE C'EST UN DROÏDE PROTOCOLAIRE INTER-GALACTIQUE.
PROTOCOLE ? À QUOI ÇA SERT, CE TRUC ?
JE N'EN SAIS RIEN. JE DEMANDERAI À MAMAN.
DIS DONC, PEUT-ÊTRE QU'IL POURRAIT M'AIDER À QUITTER TATOOINE AVEC MAMAN !

LE RÉGULATEUR GYROSCOPIQUE EST TRÈS VIEUX. JE DIRAIS SOIXANTE-DIX, QUATRE-VINGTS ANS. JE PARIE QU'IL EN A VU, DE L'ACTION !
JE ME DEMANDE JUSTE...
"... COMMENT IL S'EST RETROUVÉ DANS CET ÉTAT ?"
VOULEZ-VOUS QUE NOS TECHNICIENS ESSAIENT DE RÉCUPÉRER SA MÉMOIRE, SEIGNEUR VADOR ?
CE DROÏDE EST INUTILISABLE. DÉTRUISEZ-LE.
VENEZ, CHASSEUR DE PRIMES. JE VEUX DISCUTER DE LA RÉUNION DE DEMAIN AVEC CALRISSIAN.

JE N'AI PAS EU LE CHOIX. ILS SONT ARRIVÉS JUSTE AVANT VOUS.
JE SUIS DÉSOLÉ.
PAS TANT QUE MOI.
VOUS AVEZ TROUVÉ **QUOI** ?! VOUS EN ÊTES SÛR ?
LE SEIGNEUR VADOR EST TOUJOURS OCCUPÉ AVEC L'AFFAIRE DES REBELLES, MAIS JE SUIS CERTAIN QU'IL SOUHAITERAIT ÊTRE TENU AU COURANT SUR CE POINT.
NON, NE TOUCHEZ À RIEN. MAIS ENVOYEZ DEUX TROUPES À LA SALLE DE REBUT ET INTERROGEZ LES TRAVAILLEURS.
ESCORTEZ LES PRISONNIERS AUX CELLULES DE DÉTENTION.
OUI, MONSIEUR.
SEIGNEUR VADOR ! NOTRE FOUILLE DES APPARTEMENTS DE LA PRINCESSE LEIA A RÉVÉLÉ QUELQUE CHOSE...
... D'INATTENDU.

J'AVAIS DONNÉ UN ORDRE, LIEUTENANT.
OUI, SEIGNEUR VADOR...
... MAIS SELON LES UGNAUGHTS, LE WOOKIE A FAIT IRRUPTION DANS LA SALLE DE REBUT ET PÉTÉ LES PLOMBS EN TOMBANT SUR LES PIÈCES.
IL LES A AMENÉES DIRECTEMENT ICI, À LA PRINCESSE. SI LA RÉBELLION VOIT UN INTÉRÊT À CONSERVER CETTE UNITÉ...
"... CE DROÏDE EST PEUT-ÊTRE PLUS IMPORTANT QU'IL N'Y PARAÎT."
IL LUI FAUT DE NOUVEAUX PHOTO-RÉCEPTEURS. JE CROIS QUE JE PEUX EN TROUVER À L'ATELIER DE WATTO.
TU ES TRÈS IMPRUDENT, ANAKIN. WATTO VA ÊTRE FURIEUX S'IL APPREND QUE TU AS PRIS UN DROÏDE ENTIER.
MAIS JE DEVAIS LE FAIRE, M'MAN ! DÈS L'INSTANT OÙ J'AI VU QU'IL Y AVAIT TOUTES LES PIÈCES, J'AI SU QU'IL FALLAIT QUE JE LE RÉPARE.
ET PUIS, DE LE VOIR COMME ÇA, TOUT CASSÉ ET CABOSSÉ... ÇA M'A VRAIMENT FAIT DE LA PEINE.

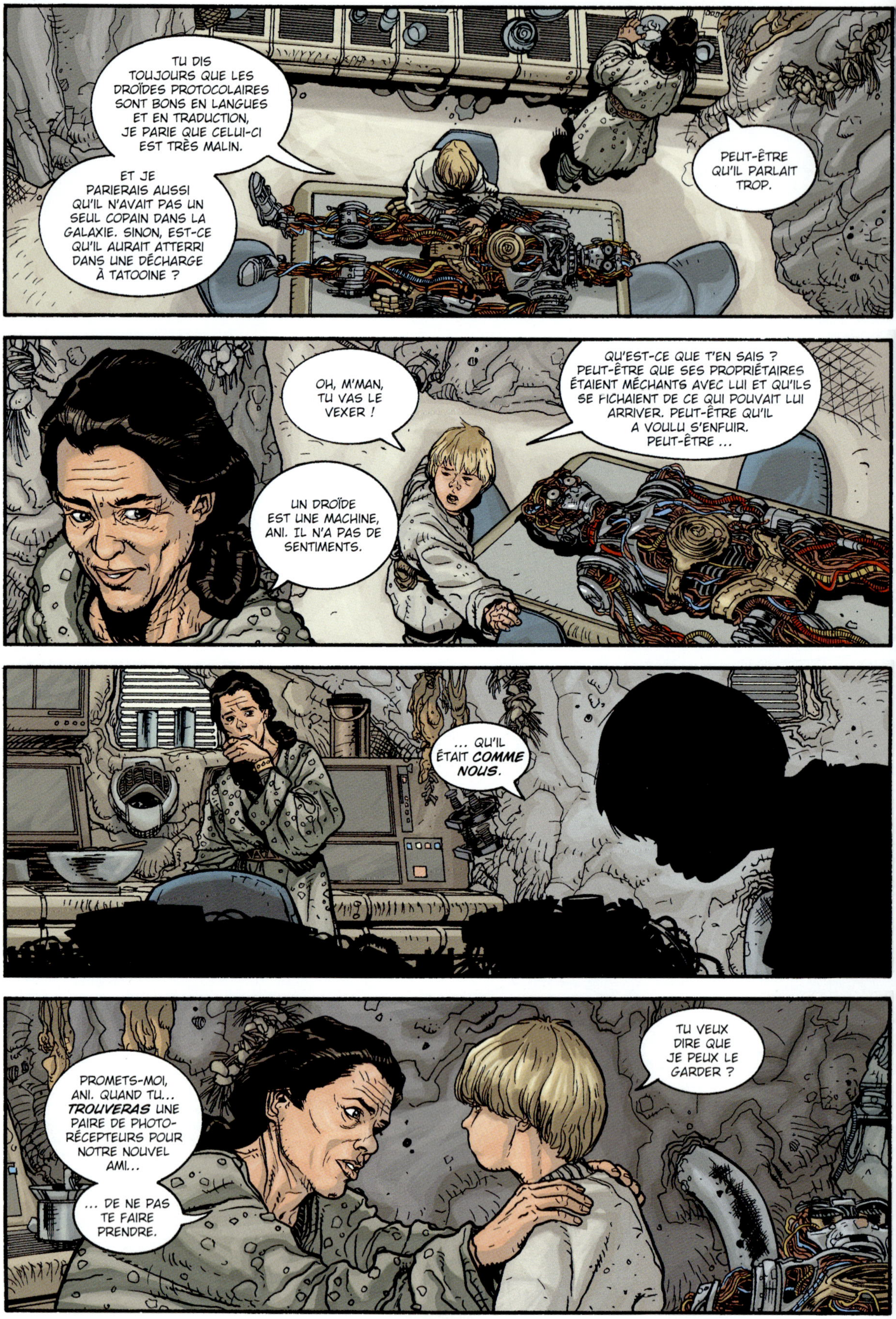
TU DIS TOUJOURS QUE LES DROÏDES PROTOCOLAIRES SONT BONS EN LANGUES ET EN TRADUCTION, JE PARIE QUE CELUI-CI EST TRÈS MALIN.
ET JE PARIERAIS AUSSI QU'IL N'AVAIT PAS UN SEUL COPAIN DANS LA GALAXIE. SINON, EST-CE QU'IL AURAIT ATTERRI DANS UNE DÉCHARGE À TATOOINE ?
PEUT-ÊTRE QU'IL PARLAIT TROP.
OH, M'MAN, TU VAS LE VEXER !
QU'EST-CE QUE T'EN SAIS ? PEUT-ÊTRE QUE SES PROPRIÉTAIRES ÉTAIENT MÉCHANTS AVEC LUI ET QU'ILS SE FICHAIENT DE CE QUI POUVAIT LUI ARRIVER. PEUT-ÊTRE QU'IL A VOULU S'ENFUIR. PEUT-ÊTRE ...
UN DROÏDE EST UNE MACHINE, ANI. IL N'A PAS DE SENTIMENTS.
... QU'IL ÉTAIT **COMME NOUS**.
TU VEUX DIRE QUE JE PEUX LE GARDER ?
PROMETS-MOI, ANI. QUAND TU... **TROUVERAS** UNE PAIRE DE PHOTO-RÉCEPTEURS POUR NOTRE NOUVEL AMI...
... DE NE PAS TE FAIRE PRENDRE.

LES CHOSES SONT CLAIRES POUR MOI, MAINTENANT. TU *DEVAIS* AIDER CE DROÏDE. TU ES SA DEUXIÈME CHANCE.
NON, ANI. APRÈS TOUT, CE SERA *TOI*, SON CRÉATEUR.
MERCI, M'MAN ! QUAND IL POURRA REPARLER, JE LUI DIRAI DE TE REMERCIER AUSSI !
MAIS N'OUBLIE PAS QUE CE DROÏDE EST SOUS TA RESPONSA-BILITÉ...
... ET QUE SI TU N'ES PAS PRÊT À PRENDRE SOIN DE QUELQUE CHOSE...
"... TU NE MÉRITES PAS DE L'AVOIR."
DOIS-JE DEMANDER AUX TECHNICIENS DE FOUILLER SA MÉMOIRE ?
OU... PRÉFÉREZ-VOUS QU'ON LE FASSE FONDRE PAR LES UGNAUGHTS ?
MON-SIEUR ?

LES PIÈCES DU DROÏDE SONT IMPRÉGNÉES DE LA PUANTEUR DU COPILOTE DE SOLO. LIVREZ CETTE CAISSE DANS LA CELLULE DU WOOKIE.
JE... PARDONNEZ-MOI, MONSIEUR. JE NE COMPRENDS PAS.
VOUS... VOULEZ QU'ON DONNE LE DROÏDE AU PRISONNIER ?!
JE DONNE AU WOOKIE CE QU'IL MÉRITE.
HEU, OUI... BIEN SÛR, SEIGNEUR VADOR.
LE CAPITAINE SOLO A RENDEZ-VOUS DANS LA CHAMBRE D'INTERROGATOIRE.
FAITES EN SORTE QU'IL Y SOIT.
OUI, MONSIEUR.
FIN.

Illustration de couverture de Star Wars Tales #6 *par Kilian Plunkett*

L'univers Star Wars en BD

• Dans la série Star Wars - Le Côté obscur :
Les plus grands "méchants" de la saga dans des aventures complètes

Tome 1 : Jango Fett & Zam Wesell
Tome 2 : Dark Maul
Tome 3 : La Quête de Vador
Tome 4 : Général Grievous
Tome 5 : Le Destin de Dark Vador

• Les films adaptés en bande dessinée :

Star Wars Épisode I : La Menace fantôme
Star Wars Épisode II : L'Attaque des Clones
Star Wars Épisode III : La Revanche des Sith
Star Wars Épisode IV : Un nouvel espoir
Star Wars Épisode V : L'Empire contre-attaque
Star Wars Épisode VI : Le Retour du Jedi

• Les films adaptés en manga :

La Guerre des Étoiles - Volumes 1 et 2
L'Empire contre-attaque - Volumes 1 et 2
Le Retour du Jedi - Volumes 1 et 2
Épisode I - La Menace fantôme

• Dans la série Star Wars - Jedi :
Des aventures complètes qui se situent entre les Épisodes I & II

Tome 1 : La Mémoire de Quinlan Vos
Tome 2 : Quinlan Vos contre ses démons
Tome 3 : Rite de passage

• Dans la série Star Wars - Clone Wars :
Des aventures complètes qui se situent entre les Épisodes II & III

Tome 1 : La Défense de Kamino
Tome 2 : Victoires et Sacrifices
Tome 3 : Dernier combat sur Jabiim
Tome 4 : Lumière et Ténèbres
Tome 5 : Les Meilleures Lames
Tome 6 : Démonstration de Force
Tome 7 : Les Cuirassés de Rendili
Tome 8 : Obsession

• Dans la série Star Wars - Le Cycle de Thrawn :
Des épisodes adaptant les romans de Timothy Zahn, situés après l'Épisode VI

Tome 1.1 : L'Héritier de l'Empire 1re partie
Tome 1.2 : L'Héritier de l'Empire 2e partie
Tome 2 : La Bataille des Jedi
Tome 3.1 : L'Ultime commandement 1re partie
Tome 3.2 : L'Ultime commandement 2e partie

+9	L'Ultime Commandement (Le Cycle de Thrawn 3) La Bataille des Jedi (Le Cycle de Thrawn 2) L'Héritier de l'Empire (Le Cycle de Thrawn 1)
+4	Le Retour du Jedi (Épisode VI)
+3	L'Empire contre-attaque (Épisode V)
+1	La Quête de Vador (Le Côté obscur 3)
0	Un Nouvel Espoir (Épisode IV)
-18	La Revanche des Sith (Épisode III)
-18,4	Général Grievous (Le Côté obscur 4)
-18,5	Obsession (Clone Wars 8) Les Cuirassés de Rendili (Clone Wars 7) Démonstration de Force (Clone Wars 6) Les Meilleures Lames (Clone Wars 5)
-19,5	Lumière et Ténèbres (Clone Wars 4) Dernier Combat sur Jabiim (Clone Wars 3) Victoires et Sacrifices (Clone Wars 2) La Défense de Kamino (Clone Wars 1)
-20	L'Attaque des Clones (Épisode II)
-27	Jango Fett & Zam Wesell (Le Côté obscur 1)
-32	Rite de passage (Jedi 3) Quinlan Vos contre ses démons (Jedi 2) La Mémoire de Quinlan Vos (Jedi 1) La Menace fantôme (Épisode I)
-33	Dark Maul (Le Côté obscur 2)

NE MANQUEZ PAS LE PROCHAIN NUMÉRO

ABONNEZ-VOUS

EN SEPTEMBRE DANS LE *LUCASFILM MAGAZINE*

STAR WARS ÉPISODE III

TOUS LES VÉHICULES DE *LA REVANCHE DES SITH*

LE "ART OF" ÉPISODE III

Découvrez les dessins de production de l'Épisode III - 1ère partie.

INTERVIEW SILAS CARSON

et le CLUB OBI WAN

LE PLUS GRAND CHOIX POUR VOTRE COLLECTION

ACTUELLEMENT EN KIOSQUE

Le n°54 spécial convention avec un dossier de 10 pages sur STAR WARS REUNION

la 1ère Convention Officielle Star Wars en France

Dossier : les vaisseaux d'Épisode III

Interviews : Hayden Christensen, Ian McDiarmid et Natalie Portman

EN T'ABONNANT TU RECEVRAS (EN JANVIER) LE KIT DU FAN CLUB OFFICIEL (COMPOSÉ DE 4 CARTES À COLLECTIONNER, 1 CARTE DE MEMBRE, 1 POSTER) ET LA TOUTE NOUVELLE LETTRE DE GEORGE LUCAS.

ABONNEMENTS ET BOUTIQUE EN LIGNE SUR

www.courleciel.com

Renseignements sur www.courleciel.com et au 01 40 31 93 28

BULLETIN D'ABONNEMENT

STAR WARS™ LE FAN CLUB OFFICIEL FRANÇAIS

IL EST INDISPENSABLE DE NOUS RETOURNER CE BULLETIN POUR QUE NOUS PUISSIONS ENREGISTRER VOTRE RÉABONNEMENT.

① ABONNEZ-VOUS POUR 6 NUMÉROS
28 € pour la France, 37 € pour l'Europe et 44 € pour les Dom-Tom et les pays étrangers.

② ABONNEZ-VOUS POUR 12 NUMÉROS
51 € pour la France, 69 € pour l'Europe et 83 € pour les Dom-Tom et les pays étrangers.

DEL 08/05

OUI, je m' abonne au *LUCASFILM MAGAZINE* pour une durée de 1 AN avec l'Option 1 (soit 6 numéros) ou pour 2 ANS avec l'Option 2 (soit 12 numéros) en retournant ce coupon accompagné de mon règlement à l'ordre de *LUCASFILM MAGAZINE*.

☐ OPTION ①　☐ OPTION ②

☐ Par chèque Bancaire ou postal (France)　☐ Par mandat-lettre　☐ Par mandat international, Carte Visa, Mastercard (Europe et Étranger)

Veuillez débiter ma : ☐ VISA ☐ MASTERCARD N°DE CARTE　Signature OBLIGATOIRE :

Date d'expiration :　TOTAL :

Nom :　Prénom :　e-mail :

Adresse :

Code Postal :　Ville :　Pays :　Tél :

À retourner sous enveloppe affranchie, accompagné de votre règlement à *LUCASFILM MAGAZINE* - B.P.82 - 75961 Paris Cedex 20